I0550867

CONFÉRENCE DU REZ-DE-CHAUSSÉE

LE DERNIER LIVRE DE M. TAINE

LA FONTAINE ET SES FABLES

Lu dans la séance du 3 Février

VERSAILLES. — IMPRIMERIE CERF, 59, RUE DU PLESSIS.

LE DERNIER LIVRE DE M. TAINE

— La Fontaine et ses Fables —

I

Il y a plusieurs manières de lire un livre. Notre siècle lit beaucoup , mais je crains qu'il ne lise mal, parce qu'il lit trop vite. C'est un peu la faute des écrivains qui soumettent au public des ébauches de livres , fruits mal venus d'une trop libre improvisation. C'est surtout la faute du public. On donne aux livres nouveaux la dernière heure de la journée, celle où l'esprit fatigué porte une condamnation souvent injuste dès le premier bâillement. On lit en chemin de fer, lorsqu'on craint de s'endormir dans le wagon. Encore sommeille-t-on entre les chapitres. Enfin on traite les auteurs et leurs productions, précisément avec le même sans façon que les auteurs affectent vis-à-vis du lecteur. Le livre de M. Taine est de ceux que les gens du monde veulent lire. Ils le parcourent , s'arrêtant çà et là , s'amusant à la partie frivole et extérieure du livre, passant, sans s'en apercevoir, à côté des grosses questions , s'égayant de bonne foi à ces traits mordants qui récèlent une profonde ironie; ils arrivent contents aux dernières pages, et disent en fermant le volume: « voilà un joli livre. » Ils ont un mot pour caractériser ces sortes d'ouvrages où il est question de tout, et de bien d'autres choses encore : « C'est, disent-ils, de la critique de fantaisie, » et ainsi toute lecture leur est légère, parce qu'ils ne prennent point leur homme au sérieux, et se persuadent qu'il n'est là que pour les amuser.

Avec son titre plein de bonhomie, ses allures mondaines, son style familier, son enjouement apparent, le livre de M. Taine est profondément triste, et il laisse à ceux qui l'ont lu attentivement des doutes , des inquiétudes , et la contagion de la mélancolie. Livre inégal et varié, s'il en fût; charmant et haïssable, qui abonde en théories ruineuses pour la raison et en rêveries séduisantes pour l'imagination, qui enchante après avoir irrité, qui fait bien des blessures et en guérit quelques-unes! Point de préface à ce livre. M. Taine a peur qu'on ne le traite de pédant, il faut croire qu'au pays d'où il vient, les gens se jettent volontiers cette épithète au visage. Mais, çà et là vous rencontrez les plus hasardeuses et les plus terribles questions, avec des solutions souvent paradoxales, et empreintes de cette tristesse, qui est un des caractères, sinon apparents, du moins profonds et réels du livre. Sans partager les idées de M. Taine, on éprouve une sympathie véritable pour ce doute un peu amer, malcontent de lui-même, et trop douloureux pour n'être pas sincère. Pour apprécier cet ouvrage, nous ne suivrons pas l'ordre que l'auteur a lui-même assigné comme le plan nécessaire de son œuvre. Bien souvent un livre nouveau n'est qu'un prétexte à une dissertation plus ou moins ingénieuse, sur le sujet de l'ouvrage qu'on prétend traiter à sa manière. C'est le titre qui tente, c'est le sujet qu'on étudie, et non l'auteur. De celui-ci, de sa personnalité, de ses opinions, de son style, il n'en est point question. Ce n'est pas mon intention d'en agir ainsi aujourd'hui. Je vous parlerai peu de La Fontaine : une main novice est inhabile à toucher un pareil sujet; il exige une critique bien profonde, bien délicate, bien sûre d'elle-même. Mais je vous parlerai beaucoup de M. Taine. Il est, je crois, tout entier dans ce nouveau livre avec les idées que vous lui connaissez, et avec des sentiments que vous étiez moins habitués à rencontrer chez lui. Il y a en M. Taine un philosophe et un historien; il y a un artiste et un poète; il y a un critique et un écrivain. Je dois le dire tout d'abord : Je trouve le philosophe flottant, insaisissable, plein de contradictions et d'incertitudes; l'historien, systématique jusqu'à l'exagération, radical dans ses affirmations chagrines, dur, triste, hautain, absolu. Je trouve dans l'artiste et dans le poète une richesse, une surabondance d'imagination, un sentiment de la nature dont l'exquise délicatesse émeut et enchante. Je crois enfin remarquer dans le style de M. Taine, une double tendance, l'une d'habitude et l'autre de choix. Ce sont des expressions énergiques, familières, hardies, qui se font jour à travers des steppes de style académique. Il y a des mots précieux; il y a de la froideur dans certaines parties; mais on oublie ces défauts, quand on rencontre une page, venue d'un seul jet, écrite d'un seul style, pleine d'images, mais sobre et concise, remplie d'art et de tact littéraires, alors même que la vie et la force débordent et que la pensée s'épanouit librement.

II

Le vent n'est point aux systèmes, il faut l'avouer. La philosophie est aussi bas que possible ; les uns adoptent une sorte de dogmatisme officiel, soit paresse, soit calcul; les autres n'en ont point du tout et s'en passent. Nous sommes déjà loin du temps où tout rêveur ébauchait dans son coin un petit système du monde, où chaque penseur, applaudi en petit comité, se faisait l'apôtre d'une religion nouvelle, le législateur d'une société régénérée. La première moitié de ce siècle a vu éclore bien des systèmes : Dieu, l'état, la famille, tout y a passé. Je ne sais si, la part faite des bonnes choses et des grandes idées, l'expérience de ces folies nous a profité; mais aujourd'hui les philosophes se tiennent cois et ne font point parler d'eux. Depuis dix ans surtout, le public s'est dégoûté de ces livres qui le faisaient trop réfléchir et lui fatiguaient le cerveau en pure perte. Des spéculations philosophiques, il est descendu aux photographies du roman réaliste. A présent, comme le grand roi, dont il a souvent les caprices et aussi les flatteurs, il n'est plus amusable.

J'ai entendu affirmer que l'idée religieuse est une des grandes préoccupations de ce temps-ci. — Peut être, dans une certaine sphère où vivent à l'écart de nobles esprits ; mais la foule ne se passionne point pour les jouteurs, comme il y a quinze ans; et certaines voix, qui, dit-on, remuaient les âmes, s'éteignent aujourd'hui sans écho.

M. Taine est un des rares esprits qui fassent diversion à ce calme plat qu'il me semble remarquer en ce moment dans toute la philosophie proprement dite. Il a une doctrine que tout le monde connaît, et qui lui est propre, bien qu'il ne l'ait pas inventée. Dans le livre qui nous occupe, la philosophie ne parait que par accident en apparence, et comme épisode. Il y a dans l'ouvrage de M. Taine un panthéisme de philosophe et un panthéisme de poète. En ce moment je ne parle pas du second qui

2

exerce un grand charme, et qui a de puissants attraits pour l'imagination. Le second, réduit à la sécheresse philosophique, choque par ses formes arrêtées. Vous allez en trouver l'expression un peu dissimulée (M. Taine ne veut ni démontrer, ni discuter), mais cependant bien reconnaissable dans le jugement qu'il porte sur la religion du dix-septième siècle, à propos des dieux de La Fontaine. Selon M. Taine chaque siècle a de Dieu une idée différente. Sous la même formule se cache un sentiment sans cesse renouvelé. Or, qu'est-ce que le Dieu du dix-septième siècle ? c'est un « Dieu administrateur, une sorte de Louis XIV, image et suzerain de l'autre. » Voilà Bossuet accusé d'anthropomorphisme au premier chef ! « La même révolution, dit M. Taine, renouvela le ciel et l'état. Les saints locaux et indépendants du moyen-âge s'effacent et se subordonnent, comme les seigneurs féodaux et libres pour former une cour d'adorateurs inclinés, qui, d'un œil respectueux, contemplent l'éclat de leur maître. » « . . . . en même temps, ajoute-t-il, la science aide le dogme, les forces naturelles disparaissent ; entre les mains des philosophes, les êtres perdent leur énergie efficace ; les dieux intérieurs, qui vivent dans les choses, sont anéantis ; toutes les puissances particulières se concentrent dans le Dieu unique. Une philosophie, meurtrière de la matière, réduit la nature à un système de rouages organisé par un décret d'en haut. » Un peu plus loin, M. Taine raille le paradis de Bossuet qui « n'est pas fort différent de Versailles, l'assemblée des élus, une cour où on distribue beaucoup de cordons bleus.» Alors M. Taine s'emporte contre ce Dieu qui n'est qu'un homme agrandi, un constructeur, un jardinier; il dit des aigreurs à Malebranche et à Leibnitz, comme cela se fait entre philosophes, et, exagérant toujours son parallèle entre la monarchie divine et la monarchie humaine, il en vient jusqu'à calomnier Louis XIV dont il ne peut parler qu'avec l'amertume d'une rancune personnelle. Est-il vrai que le Dieu du dix-septième siècle n'a point d'égards pour notre bonheur, qu'il damne les hommes sous son bon plaisir, qu'il a le droit de préparer de toute éternité le malheur infini des âmes? qu'à ses yeux les créatures n'aient pas de valeur en elles-mêmes ? « Le genre humain, dit M. Taine, misérable et damné, comme le peuple de France, déguenillé et hâve, doit se résigner à sa condition, obéir avec amour, s'oublier dans la contemplation de la splendeur royale et du pompeux établissement où il est compris. Consolons-nous, le souverain céleste ne fera de nous qu'un bon usage. Dieu ne peut déroger : il est comme enchaîné par sa qualité ; il ne peut agir que selon sa nature. »

M. Taine trouve cette garantie insuffisante. Nous sommes un peu de son avis : un despote infaillible est toujours un despote, et une doctrine qui ne repose pas sur le dogme du libre arbitre, nous semble condamnée d'avance. Le dix-septième siècle est-il tombé dans cette erreur monstrueuse? Et d'abord qu'entend-on par le dix-septième siècle, et qui est-ce qui représente l'esprit philosophique et religieux de l'époque? Est-ce la cour de Louis XIV? Il y aurait de l'injustice à le prétendre. C'est là un artifice de M. Taine qui attaque le cartésianisme dans ses frivoles et superstitieux disciples de Versailles ou de Marly. Le Dieu du dix-septième siècle, c'est, je pense, le Dieu de Descartes qui composait le *Discours de la méthode,* loin de la France, pendant que la guerre civile menaçait le berceau de ce même Louis XIV; c'est le Dieu de Malebranche, qui renferma son génie et ses méditations entre les quatre murs d'une cellule de l'Oratoire; le Dieu de Leibnitz, qui passa presque toute sa vie chez les ennemis du grand roi à Hanovre ou à Berlin. Tous ces philosophes ont pensé, ont écrit, hors de l'influence monarchique de Louis XIV ; la théodicée cartésienne n'a rien à démêler avec la *Politique tirée de l'Écriture.* Cette longue diatribe dont j'ai cité quelques fragments et indiqué l'esprit, repose donc uniquement sur quelques flatteries de Bossuet à Louis XIV, commentées, exagérées et exploitées par des écrivains modernes, qui croyaient ainsi faire preuve de courage. Il resterait à examiner si le cartésianisme, bien compris et sincèrement consulté dans ses sources véritables, étouffe la liberté humaine. M.Taine nous l'assure, et comme il ne prouve pas son dire, nous aurions le droit d'opposer une dénégation à des affirmations si peu justifiées. Mais demandons-lui plutôt quel Dieu il prétend mettre à la place du Dieu cartésien ; car M. Taine n'est pas un sceptique. « Le cœur de l'homme n'est point content, dit-il, s'il ne sent la puissance infinie par un attouchement intime, et il n'y a que deux voies pour arriver à la sentir. » Ces deux voies sont le panthéisme matérialiste et le panthéisme idéaliste, celui d'Epicure et celui de Spinoza. D'un côté, le matérialisme ; de l'autre le mysticisme, deux excès plus voisins qu'on ne pense. « Il faut, continue M. Taine, que l'homme aperçoive Dieu à la façon des solitaires et des vrais chrétiens, au dedans de lui-même, dans les secrets mouvements de son être, et que tous ses désirs disparaissent dans la grande lumière vague dont il est réjoui et dont il est baigné ; il faut qu'il se confie, s'abandonne et s'épanche, et que l'amour immortel qui circule à travers les créatures assoupisse ses agitations et ses inquiétudes dans la félicité tranquille où il les confond. Ou bien encore il faut qu'il soit païen, s'il n'est mystique ; » et M. Taine nous montre les dieux du paganisme oriental encore à demi engagés dans la matière, dont ils ne font qu'interpréter la beauté et la grandeur, et, revenant sur lui-même, il ajoute : « Ce grand cœur malheureux de l'homme moderne, tourmenté par le besoin et l'impuissance d'adorer, ne trouve la beauté parfaite et consolante que dans la nature infinie. Il a trop senti et trop jugé, trop espéré et trop détruit. Il revient à elle après tant de courses ; il la trouve jeune et souriante comme aux premiers jours ; il se trouble et en même temps se ranime à son contact et sous son souffle ; il tend les bras vers elle, et sa vieille âme, endolorie par tant d'efforts et d'expérience, reprend la santé et le courage par l'attouchement de la mère qui l'a portée. O ma mère, silencieuse et endormie, que vous êtes calme et que vous êtes belle, et quelle sève immortelle de félicité et de force coule encore à travers votre être avec votre paisible sang. »

Voilà un beau langage et de la grande poésie ; mais que l'expression est vague et que la pensée est incertaine ! Dans ce demi jour de la rêverie mystique, n'entrevoyez-vous pas bien des dangers ? Ne sentez-vous pas qu'on vous entraîne vers le pire des panthéismes ? Et, en dépouillant les idées de leur poétique manteau, je ne veux pas dire de leur masque, seriez-vous bien aise d'avoir à choisir entre deux doctrines qui absorbent l'une dans la matière, l'autre dans l'idée pure, dans l'infini, votre substance, votre personnalité et partant cette liberté, au nom de laquelle M. Taine réclamait tout à l'heure ?

III

Il y a beaucoup de pages d'histoire dans le livre de M. Taine, on pourrait dire qu'il y en a un peu trop. Dans une œuvre comme celle de La Fontaine, il y a nécessairement une double peinture ; et dans ses tableaux une double vérité, la vérité historique, particulière, locale, et la vérité humaine. Si vous attendez de l'écrivain des révélations sur son temps, si vous voulez trouver dans son œuvre des individus, non des types, si vous cherchez par exemple la Rome des Empereurs dans Tacite, et Louis XIV dans Saint-Simon, vous estimerez davantage la vérité historique. Au point de vue littéraire, l'autre est naturellement préférée ; elle est plus longtemps et plus universellement goûtée ; elle a un intérêt direct et permanent pour toutes les générations. Aussi n'y a-t-il guère que le génie qui la rencontre. Il est permis à M. Taine de chercher dans les *Fables* la vérité historique, la peinture de la société française au dix septième siècle : je crains qu'il ne s'en inquiète un peu trop. Lorsque vous lisez La Bruyère, éprouvez-vous le besoin qu'un commentateur officieux vienne vous offrir sa clé et vous apprenne que ce distrait charmant, qui accroche sa perruque au lustre, est M. de Brancas, duc et pair, chevalier de l'ordre, etc...? N'est-ce pas rabaisser, réduire la valeur et le charme de ces portraits toujours piquants et toujours vrais ? Il en est de même de La Fontaine ? Est-ce une manière de Saint-Simon, moins amer, moins honnête, aussi vif et prompt à peindre d'un trait, sans passion, impartial dans un débat auquel il reste étranger ? le lecteur n'en sait rien, mais il ne tient pas tant à le savoir.

M. Taine a une tout autre préoccupation. Ecoutez-le : « Un homme rentre chez lui, le soir, cause avec ses amis et s'amuse à leur peindre les gens qu'il a vus, les caractères qu'il a observés, les traits de mœurs qui l'ont frappé ; il ne cherche point ses idées, il les trouve : elles sont nées d'elles-mêmes par la seule présence des objets. Voilà l'origine des fables de La Fontaine. Chacune d'elles est le récit d'une journée. Il a vu tout à

2.

l'heure les originaux qu'il copie; ce sont les personnages de son temps : roi, clergé, seigneurs, bourgeois, paysans. Ils sont à côté de lui, il vient de les quitter dans la rue, il les désigne du doigt... avant lui la fable n'était qu'une moralité... La Fontaine vient de la cour ou de la ville, raconte sans songer ce qu'il a vu, et sa morale s'applique aux contemporains. Ces petits récits, amusettes d'enfants, contiennent en abrégé la société du dix-septième siècle. »

Cette pensée paraît juste : voyons si M. Taine ne l'a point exagérée. L'assimilation entre Louis XIV et le roi Lion me semble un peu forcée. Evidemment M. Taine en veut à Louis XIV, et s'il eût vécu sous le grand roi, nul doute que Chapelain ne l'eût point porté sur la liste des pensions. Le roi l'eût, je le crains, envoyé rejoindre son ami Bayle dans la patrie des magots de Téniers. Quoi qu'il en soit, M. Taine parle du roi soleil avec colère ; il le juge avec une sévérité qui va jusqu'à l'injustice. L'injustice est plus frappante encore quand M. Taine passe en revue la société tout entière du dix-septième siècle. Tout un chapitre de son ouvrage, consacré à la partie allégorique, humaine, de la fable, est destiné à nous faire voir le dix-septième siècle avec ses passions, ses ridicules et ses misères dans La Fontaine. Le tableau est loin d'être gai ; il est presque rebutant : d'où je conclus qu'il est un peu chargé. Après avoir maltraité le prince, on juge si les courtisans sont épargnés. Immoralité, bassesse, impertinence, rien ne leur manque. On s'était plu à penser jusqu'à présent que Versailles n'était pas exclusivement peuplé de scélérats comme le chevalier de Lorraine, et de majestueux niais comme Dangeau ; qu'à l'honneur de l'espèce humaine la cour de Louis XIV avait contenu de hautes vertus, pures d'hypocrisie, et, s'il fallait citer des exemples, plus d'un nom illustre venait sur les lèvres. Mais depuis qu'on nous a fait de Montausier un de ces complaisants de cour, auxquels on donne un nom plus flétrissant, on ne sait que penser et on laisse dire M. Taine.

Quant à la bourgeoisie, c'est la pire de toutes les classes. Vous vous demandez souvent quelle fut la vie de ces générations modestes et laborieuses, qui n'ont point eu d'histoire sous l'ancien régime et qui se vengent trop aujourd'hui d'un long oubli. Vous cherchez dans ces vieilles familles un parfum de simplicité et d'honnêteté provinciales. Quelle candeur ! vous feriez sourire M. Taine. Il vous présente des bourgeois plus corrompus que les nobles, de purs gaulois qui se soucient de leur dignité comme d'un vieux pourpoint ; aimant tout ce qu'aimait leur bon Henri IV ; sans scrupule dans la vie privée et dans les transactions commerciales, comme sans fierté devant le maître, et qui, pour achever le tableau, se fussent bien gaussé de nous s'ils avaient entendu nos déclamations libérales en leur faveur. Jugez plutôt : « Le bourgeois, dit M. Taine, est un être de formation récente, produit des grandes monarchies bien administrées, et, parmi toutes les espèces d'hommes que la société façonne, le moins capable d'exciter l'intérêt ; car il est exclu de toutes les idées et de toutes les passions qui sont grandes, en France du moins où il a fleuri mieux qu'ailleurs..... Il vivote rapetissé et tranquille. A côté de lui, un cordonnier d'Athènes qui jugeait, votait, allait à la guerre, et pour tout meuble avait un lit et deux cruches de terre, était un noble. Ses pareils d'Allemagne trouvent aujourd'hui une issue dans la religion, la science ou la musique. Un petit rentier de la Calabre, en habit râpé, va danser et sent les beaux-arts. Les opulentes bourgeoisies de Flandre avaient la poésie du bien-être et de l'abondance. Pour lui, aujourd'hui surtout, vide de curiosités et de désirs, incapable d'invention et d'entreprise, confiné dans un petit gain ou dans un étroit revenu, il économise, s'amuse platement, ramasse des idées de rebut et des meubles de pacotille, et pour toute ambition songe à passer de l'acajou au palissandre. Sa maison est l'image de son esprit et de sa vie par ses disparates, sa mesquinerie et sa prétention..... le bourgeois probe, s'abstient du bien d'autrui ; rien de plus. Il serait niais de se dévouer pour sa bicoque..... on tâche de n'être point dupe, on se répète tout bas avec un rire sournois qu'il faut tirer son épingle du jeu. » Intéressé, avare, poltron, ignorant, sans scrupule et sans fierté, voilà le bourgeois de M. Taine : il n'est pas beau.

Comment l'auteur va-t-il traiter le peuple, le paysan et l'artisan ? « Quand on voit les gens du peuple tels qu'ils sont, on les admire à peu près autant que les autres, c'est-à-dire, fort peu ; ils se sentent de leur condition qui est basse, les met dans le

fumier, dans la boue et les assujettit aux actions, comme aux
penchants. Voilà l'opinion de M. Taine, qui n'aime pas ce qu'il
appelle « les pastorales de Georges Sand. » Il analyse à sa façon
le paysan en quelques traits, et il en emprunte quelques-uns à
La Fontaine, un réaliste sur ce point, comme M. Taine le fait
remarquer. Aimez-vous ces étranges plaidoyers où l'avocat
semble se moquer de son client, ou pour sauver l'accusé, il en
fait un idiot, une dupe. La cause du peuple a été souvent plai-
dée ainsi. Je ne parle point de La Fontaine ; c'était son métier
comme son penchant de railler les ridicules où qu'il les aperçût,
et ses fables ne sont pas le développement d'une thèse sociale.
Mais M. Taine a employé sciemment ce procédé. Le peuple ne
lira point son livre, je le sais bien, mais s'il le lisait par hasard,
il pourrait dire à M. Taine : « il faut que vous soyez bien de nos
amis pour dire tant de mal de nous. Etrange manière de nous
défendre que de nous montrer avilis, grossiers, brutaux, ivro-
gnes ! Nous nous sentons du fumier, nous avons une vie animale ; le vin, voilà toute notre littérature. Nous battons nos
femmes, quand nous ne les troquons pas. Nous n'avons ni
mœurs, ni intelligence, ni bonté. Est-ce ainsi que vous préten-
dez nous réhabiliter ? » Quelle est, en effet, l'intention de
M. Taine, en peignant le peuple « repoussant et grotesque, » ce
sont ses expressions ? Dois-je prendre au vrai ce dédain peu
démocratique ? Non : car je trouve plus loin ces paroles pleines
d'émotion : « Il faut avoir vu les pauvres gens qui vont faire du
bois pour entendre ce mot, couvert de ramée ; on y envoie les
vieillards, les enfants, les femmes, tous ceux qui ne sont capa-
bles que d'un petit travail. Et ils reviennent avec des bottes de
branchages, plus longues et plus larges que leurs maigres corps,
tellement qu'ils disparaissent tout entiers sous leurs fagots. Ils
remontent en se soutenant sur un bâton le long des pentes. Ils
ne pensent pas d'ordinaire ; ils souffrent simplement et font
effort d'un air morne..... jamais de repos : ils se lèvent avant le
jour, à trois heures du matin, souvent dans l'aube froide et
humide. Point de pain quelquefois... à la veille de la révolution,
en pleine paix, ils gagnaient dix-neuf sous par jour, et le pain
était aussi cher qu'aujourd'hui. Le paysan vit à peine ; il se
défend, comme il dit lui-même. Quel plaisir a-t-il eu depuis

qu'il est au monde ? Un dîner de noce peut-être, et par-ci par-là une chopine de mauvais vin. » Vous le voyez, M. Taine aime le peuple. Mais il veut montrer que la société du dix-septième siècle, qui passe pour polie et honnête, a été au contraire corrompue, hypocrite et dans ses couches profondes, ignorante, misérable et stupide. Il veut faire retomber tout l'odieux du tableau sur une seule tête ; il veut que le dernier mot du lecteur soit une malédiction contre Louis XIV. C'est là peut-être une idée erronée. Les rois, même absolus, ne sont pas chargés d'une telle responsabilité. Je trouve injuste et exagéré le raisonnement que font les partisans de ce système : Si les hautes classes ont été gangrenées par l'hypocrisie, cette plaie des cours où la religion n'est que l'étiquette, c'est le bigotisme de Louis XIV qui en est cause. Si les classes inférieures ont croupi dans l'ignorance et la misère, c'est parce que l'instruction et le bien-être ne se développent pas sous un roi absolu. Ne chargeons, outre mesure, les épaules de personne. Vous savez comme le peuple est prompt à accuser le gouvernement : la grêle, les incendies, le renchérissement des pommes de terre lui fournissent des prétextes : c'est toujours la faute du gouvernement ; on le punit ainsi de s'être arrogé trop de pouvoir en lui attribuant une responsabilité plus grande encore, et on lui fait une Révolution quand la récolte est mauvaise. C'est faire un aussi déttesable raisonnement que de lui imputer la corruption d'une société ou d'une époque, l'impuissance et la stérilité de la littérature ; la dégradation des caractères et l'abaissement du sentiment moral, l'esprit de lucre, avide et malhonnête. L'individualité humaine peut et doit toujours protester. Le nier, c'est commettre une erreur en morale et une injustice en histoire.

IV

M. Taine excelle à décrire et à peindre. Ses portraits sont de charmantes esquisses, pleines de grâce et de vérité. La partie pittoresque de ce livre est celle qui attache et qui séduit. Son style vif et délicat convient merveilleusement à la description. Il s'y complaît, et quand il revient sur un trait déjà indiqué, il l'exagère ; mais le plus souvent, il a un sentiment exquis des nuances et n'empâte point ses tableaux. Laissez-moi vous présenter, d'après lui, La Fontaine et quelques-unes de ses bêtes familières.

Le milieu dans lequel le poète a grandi et vécu, le voici : « La vie bourgeoise était gaie dans les provinces, avant la révolution. Faute d'issue, l'ambition était petite ; faute de com munications, l'envie manquait ; on n'essayait pas d'imiter Paris. Les gens restaient dans leur ville, s'arrangeaient une maison commode, un jardin, une bonne cave, dînaient les uns chez les autres, souvent, joyeusement et abondamment, avec des contes salés et des chansons au dessert. » Voilà la vie de La Fontaine jusqu'à 35 ans, « il jouait, aimait la table, lisait, faisait des vers, allait chez son ami Maucroix à Reims, y trouvait ∉ bon vin et gentilles galoises, friandes assez pour la bouche d'un roi »... Il n'a jamais pris le mariage au sérieux, ni le sien, ni celui des autres. Il avoue fort bien qu'il a chassé sur les terres d'autrui, et semble dire que le gibier n'en est que meilleur « gardez de faire aux égards banqueroute » ses principes n'allaient pas plus loin. » M. Taine analyse fort subtilement le sentiment de La Fontaine à l'égard des femmes, sentiment qui n'est ni passionné ni grossier, « qu'il les courtise ou non, il est à son aise dans leur compagnie, occupé et charmé comme au milieu d'un jardin plein de fleurs. J'imagine qu'il regarde une taille penchée, une boucle de cheveux qui flotte, une main blanche qui arrange négligemment un pli de la robe ; c'en est assez pour remplir sa journée de rêveries. » Pourquoi faut-il que M. Taine soit démangé du besoin de la généralisation, qui possède tant d'écrivains et gâte tant de jolies choses ; qu'au lieu d'étudier La Fontaine en lui-même, il soit sans cesse préoccupé d'apercevoir en lui le type de toute une race, et qu'il ajoute à la fin d'une page charmante cette conclusion dogmatique « ces sourires et ces rires, cette galanterie caressante, ces douceurs, ce mélange d'esprit gracieux et de tendresses fugitives, composent l'amour en France. »

La Fontaine a peint les vices avec gaîté : « au lieu d'entrer dans l'indignation, dit M. Taine, il tourne prestement du côté de la bonne humeur. Aussi, de ses fables, on retire une vérité sans emporter un chagrin... » Son caractère, il faut l'avouer, n'est pas très-digne « à regarder ses actions, il a l'air de vivre à genoux. Il se prosterne devant les bâtards ; il adore madame de Montespan. » Il est ravi de la révocation de l'édit de Nantes. Vous vous demandez comment M. Taine lui pardonne tous ses crimes. C'est que le Bonhomme est malin et se moque des gens qu'il encense. M. Taine dit très-bien : « Il a beau baisser les yeux, il voit aussi clair que personne... Il est sans s'en douter le plus hardi frondeur du siècle... le poëte au dedans restait libre, et je crois que dans ce retranchement impénétrable nulle servitude n'eût pu l'envahir, » et l'auteur du livre ajoute : « c'est cette liberté qui le relève, et qui, en lui comme dans la race ne peut être étouffée, ni périr. En vain nous naissons sujets, nous restons critiques. » Ajoutez encore un point, la bonté. La Fontaine a beau être épicurien, impropre aux devoirs de la société et de la famille, prompt au plaisir, inattentif aux conséquences; il n'est jamais ni égoïste, ni dur. Voyez plutôt comme il aime ses amis, Maucroix, Hervart, Fouquet, madame de La Sablière. M. Taine rappelle un mot charmant. Lorsque madame de La Sablière mourut, M. d'Hervart vint le trouver et le pria de loger chez lui : « J'y allais, » répondit La Fontaine.

« Plus que personne il a eu les deux grands traits : la faculté d'oublier le monde réel et celle de vivre dans le monde idéal, le don de ne pas voir les choses positives et celui de suivre intérieurement ses beaux songes. Si vous regardez sa conduite, il a l'air d'un enfant distrait qui se heurte aux hommes. Ses amis le grondent et le mènent; il se laisse mener. On lui obtient un emploi; il l'accepte et ne le remplit pas. On l'envoie à Château-Thierry pour se réconcilier avec sa femme; Il y va, la trouve sortie, et revient alléguant qu'elle était à vêpres. » Où donc vivait le distrait?

M. Taine vous répond : « Il était dans ce monde charmant où les hommes sensés n'entrent jamais, qui n'est ouvert qu'aux simples d'esprit, aux gens un peu fous, aux rêveurs. Il n'avait pas besoin de se guinder pour y monter. Il s'y trouvait tout porté et de naissance... Il était enthousiaste en toute chose, il exagérait et sincèrement. Il se prenait tout d'un coup et se donnait sans réserve. Quand Platon l'eut pris, désormais, à table, il ne voulait plus parler que de Platon. On se rappelle le jour où par hasard ayant lu Baruch, il aborda tout le monde avec ce nom sur les lèvres. Il rêve toute une nuit de la princesse de Conti, qu'il vient de voir parée et prête à partir pour le bal.

> « L'herbe l'aurait portée ; une fleur n'aurait pas
> Reçu l'empreinte de ses pas.

L'illusion le prend, sa raison s'en va, les choses se transfigurent, une lumière divine se répand sur le monde ; le vieux moqueur atteint l'accent, le ravissement de Platon et de Virgile. C'est parmi ces émotions qu'il faut le voir si on veut le connaître. Elles sont tout de ce qu'il y a de beau et de bon dans l'homme. Peu importe leur source ; une grande conception, une noble action peut les soulever aussi bien qu'un élan d'amour ; mais celui-là n'a pas vécu qui ne les a pas eues. Nous mangeons, nous dormons, nous songeons à gagner un peu de considération et d'argent ; nous nous amusons platement, notre train de vie est tout mesquin, quand il n'est pas animal ; arrivés au terme, si nous repassons en esprit toutes nos journées, combien en trouverions-nous où nous ayons eu pendant une heure le sentiment du divin? Et ce sont pourtant ces heures si clairsemées qui donnent un prix à notre vie? »

M. Taine s'est plu à réunir en quelque sorte les traits épars par lesquels La Fontaine peint ses bêtes, et il a composé ainsi de charmants portraits. Je ne vous en citerai qu'un. Il vous fera voir que M. Taine, lui aussi, aime les bêtes ; que comme son auteur, il eût été homme à s'attarder à l'enterrement d'une fourmi, et qu'il ne battrait pas sa chienne, comme Malebranche, sous prétexte qu'elle ne sent point. « Le chat est l'hypocrite de religion, comme le renard est l'hypocrite de cour. Il est velouté, marqueté, longue queue, une humble contenance, un modeste regard et pourtant l'œil luisant. Tout le monde reconnaît le maintien dévot de la prudente bête. Elle marche pieusement, posant avec précaution le pied sans faire bruit, les yeux demifermés observant tout sans avoir l'air de rien regarder. On dirait Tartuffe portant des reliques. Si vous vous asseyez, elle vient tourner autour de vous d'un mouvement souple et mesuré, avec un petit grondement flatteur, sans rien demander ouvertement comme le chien, mais d'un air à la fois patelin et réservé. Sitôt qu'elle tient le morceau, elle s'en va, elle n'a plus besoin de vous. Mais jamais le « doucet » n'a l'air meilleure personne que lorsqu'il a gagné de l'âge et de l'embonpoint. Il se tient alors tout le jour au soleil ou près du feu, enveloppé dans sa majesté fourrée, sans s'émouvoir de rien, grave et de temps en temps, passant la patte sur sa moustache, avec la mine sérieuse d'un penseur. Vous le prendriez pour un docteur allemand, le plus inoffensif et le plus bienveillant des hommes, si quelquefois ses lèvres, qui se retirent, ne laissaient voir deux rangées blanches de dents aiguës comme une scie, et le menton fuyant du plus déterminé menteur. »

J'ai hâte d'arriver à des pages charmantes, les plus agréables d'un livre, où cependant elles abondent, parce que l'*ingéniosité* fait place à une sorte d'inspiration, que le système y disparaît sous l'image, et que le philosophe se cache derrière le poëte. Voilà précisément le danger. On est prémuni contre les sophismes; on voit clair, ou à peu près, dans un syllogisme; on garde son sang-froid devant un homme qui raisonne; mais voyez, M. Taine vous conduit avec lui là où sans doute il s'égare souvent lui-même. Au printemps, il vous emmène dans les bois sans que vous soupçonniez le piège, et quand vous vous êtes enivrés du grand air et du beau ciel, déjà subjugués par cette puissante nature qui se réveille, il commence à vous faire comprendre cette vie sourde qui circule sans cesse à travers les êtres, ces forces cachées qui travaillent sans relâche au plus profond de la nature; et il confond l'activité humaine, si stérile, si douloureuse et cependant si fière d'elle-même, devant la jeunesse sans fin et l'énergie sans limites de cette immortelle matière qui ne s'use point à produire. Est-ce le poëte, est-ce le philosophe qui parle? je ne sais. Mais il faut l'entendre prêter la vie aux créatures inanimées, la poursuivre jusque dans ces choses affranchies de la forme, qu'il veut appeler des êtres, dans le nuage que les vents chassent et transforment. Comme il est pénétré de ce profond rajeunissement des êtres, à la primevère, que son poëte a chantée! comme il envie pour l'humanité fatiguée et pâlie l'éternelle et radieuse enfance de tout ce qui vit et ne pense point. Les animaux, les machines? Non, non. Une telle croyance convenait au XVIIe siècle, si enticité de la dignité humaine, si respectueux envers lui-même. Les philosophes courtisans et les poètes officiels n'arrêtent point leur pensée sur des objets si bas. Lebrun ne peint point une basse-cour, ni une garenne. On ne regarde pas de tels êtres, dit M. Taine; tout au plus on en rit, et on en vit comme des paysans leurs compagnons d'attelage.

Le premier, La Fontaine a inventé une âme à l'usage des rats et des lapins. Qu'est-ce? Tout ce qu'il vous plaira « la fleur la plus vive et la plus pure du sang, un morceau de matière subtilisé, un extrait de la lumière, une quintessence d'atomes, je ne sais quoi de plus vif et de plus mobile que le feu. » Ce rêveur, ce poète, capricieux disciple de Platon, est charmant quand il fait un peu de métaphysique en faveur de ses bêtes, et réfute tout doucement le grave auteur de la Méthode.

L'animal, suivant M. Taine, contient tous les matériaux de l'homme. C'est un enfant arrêté dans sa croissance, et M. Taine, cette fois d'accord avec Bossuet, ajoute avec beaucoup de justesse: « encore a-t-il à la place de notre raison, faillible et limitée, cette sagesse innée qu'on appelle l'instinct, et qui souvent le conduit aussi loin par d'autres voies. » L'animal ne connaît point le sentiment moral, voilà pourquoi il n'est point dégradé par la conscience d'avoir mésusé de sa liberté; la fatalité de l'instinct le fait irresponsable et innocent. Au lieu de l'homme et de ses œuvres, au lieu de la nature, maîtrisée et défigurée, au lieu de cette humanité qui porte tant de rides sur son visage, parce qu'elle est trop intelligente et qu'elle sait trop de choses, donnez-nous les bêtes en spectacle: « leur cou, dit M. Taine, ne porte pas les marques de la déformation que nous impose le métier, ni des flétrissures dont nous salit l'expérience. S'ils sont plus bornés, ils sont plus purs. » La fourrure de cet honnête chat que voici est à lui de naissance comme aussi sa sagesse; il n'a point sué pour l'obtenir.

Voulez-vous descendre encore d'un degré dans ce monde plus simple et plus calme des plantes, des pierres, des nuages, des eaux. La vie manque-t-elle à ces êtres? Non : « la vie est ailleurs que dans la pensée et dans la volonté, elle est dans tous les mouvements et dans toutes les formes : « Car chaque mouvement révèle une force qui s'exprime, et chaque forme révèle une force qui s'est exprimée... Voilà pourquoi nous ne disons plus, comme au dix-septième siècle, que la campagne est vide ; » M. Taine contemple avec une sorte de tendresse la vie végétative, exempte de privations et d'efforts. Que de régularité, quel repos ! en même temps quelle activité secrète et invisible met en jeu ce puissant organisme ! La plante respire comme l'homme ; et la sève, alternativement appauvrie et revivifiée, circule comme notre sang. « Chaque année, les bourgeons s'enflent, rougissent ; une odeur pénétrante sort de la sève qui regorge ; l'écorce suinte comme une mamelle trop pleine , et les essaims d'insectes accourent en bourdonnant autour des feuilles nouveau-nées. » Voici enfin les êtres sans forme, éternellement fugitifs et changeants, le nuage, l'ombre, la lumière, les brumes rousses ou bleuâtres qui noient les collines lointaines. Ces objets plaisent à l'âme parce qu'ils sont si différents d'elle ! « Ils sont, dit M. Taine, affranchis de la forme, comme la plante est affranchie de la pensée, comme l'animal est affranchi de la raison. » Vous voyez où va se perdre cette charmante rêverie ; c'est ce demi sommeil qui s'empare de vous , l'été, sur le midi, lorsque votre sang bat librement dans vos artères, que vous êtes étendu dans l'herbe, écoutant autour de vous bruire et voleter les insectes parasites des arbrisseaux, au milieu du calme et de la solitude. C'est alors que nous avons une sorte de conscience vague de la vie intime et universelle, à laquelle nous essayons de nous mêler. « Nous ne nous arrêtons pas à ces idées, dit M. Taine, et nous glissons ainsi sur un courant d'émotions fugitives et demi-formées. La pitié , la joie , la colère , toutes les passions nous effleurent , sans qu'aucune s'enfonce en nous, » et c'est ainsi que, pour un moment séduit, sans le consentement de la raison, on croit au Dieu-matière. Mais, quand on se redresse et qu'on repousse toutes ces imaginations , car ce n'est guère que rêveries et fictions, on reprend en souriant cette liberté , cette personne humaine qu'on a abdiquée un moment , et cette vie, variée et tourmentée , que malgré ses mécomptes et ses amertumes , ses incertitudes et ses faiblesses , on ne voudrait pas changer pour l'immobile placidité de la vie animale et végétative, régulière, fatale, à plus forte raison pour ces existences indistinctes et indéterminées, qui n'ont ni le mouvement ni la forme, ébauches, rudiments de l'être où la nature s'essaie; un néant, que M. Taine veut nous faire prendre pour l'infini !

V

Il ne me resterait plus qu'à vous entretenir du critique et de l'écrivain, du plan de l'ouvrage et de la façon dont il est exécuté. La critique pure est à coup sûr la partie la moins intéressante de ce livre. Après nous avoir montré dans La Fontaine l'homme et l'écrivain, après avoir passé en revue ses personnages, hommes, bêtes et dieux, M. Taine traite de l'art de La Fontaine qu'il étudie successivement au point de vue de l'action et au point de vue de l'expression. L'ouvrage se termine par une théorie de la fable poétique comparée à la fable philosophique. C'est un travail minutieux, et, je le crains, stérile, que M. Taine a accompli là. On connaît ses procédés : non-seulement il dissèque, mais il décompose : c'est un chimiste. Il vous prend une fable de Bidpay, d'Ésope ou de Phèdre, un conte de Guillaume Haudent ou un discours de Guévara, et il consacre de longues pages à nous montrer comment La Fontaine a transformé ces éléments. Il va nous le faire voir ouvrant un recueil, une traduction du pauvre Cassandre, et tirant d'un de ses récits sa belle fable du paysan du Danube. Il se plaît à supposer, à deviner les interjections plaisantes et les hochements de tête du Fabuliste. A chaque instant le texte du vieux rhéteur est entrecoupé d'exclamations dont la vraisemblance ne laisse rien à désirer. Oui, c'est peut-être ainsi que les choses se sont passées. Mais quel plaisir trouvez-vous à le savoir, et quel profit surtout vos lecteurs en tireront-ils? M. Taine paraît se plaire infiniment dans les profondeurs de cette critique : je crains qu'il ne s'amuse tout seul. Quel est en somme le résultat de cette analyse si subtile ? recomposer ce qu'on appellerait en rhétorique la matière des fables de La Fontaine. Voilà de ces critiques terribles qui refont le plan des ouvrages à leur manière, lorsque depuis deux

siècles le public les sait par cœur. Ce sont bien ceux-là qui in-
sinuent « *mais lorsque vous lisez ce charmant quoique on
die....?* » Ma foi, leur dirait La Fontaine, n'y entendez pas tant
malice. Toute cette esthétique dépensée en pure perte, n'ajoutera
rien au charme des fables, ni au mérite de leur trop ingénieux
interprète.

Quant au style de M. Taine, quand il n'est pas obligé de deve-
nir précieux et obscur pour le suivre dans les délicatesses ou-
trées ou dans les digressions transcendantes de sa critique, il
est vif, sans être précisément franc. Il affecte souvent l'énergie,
d'où cette double conséquence, qu'il est tantôt réaliste et tantôt
emphatique. Mais il a presque toujours de l'éclat et de la cha-
leur ; il rend les nuances avec une souplesse parfois merveil-
leuse, et se prête aux bonds capricieux de cet esprit varié. Lorsqu'il s'agit de peindre, il est riche, sans profusion : M. Taine a
le sentiment de la couleur et il est bien rare qu'il l'exagère. On
sent chez lui l'existence d'un goût sûr et inné, joint à une con-
naissance profonde et personnelle de la beauté antique. Il est
sobre comme un athénien ; et cet atticisme n'est pas seulement
pour lui affaire de tradition et d'habitude. Il y a là une qualité
morale autant qu'intellectuelle ; d'abord, c'est l'horreur de ce
qui correspond en littérature au rouge écarlate et au son de la
trompette ; c'est ensuite je ne sais quelle réserve naturelle à cette
âme un peu chagrine et méfiante. M. Taine craint de s'aban-
donner : son style porte l'empreinte de tristesses refoulées et de
doutes combattus. C'est un enthousiaste qui a comme honte de
ses élans. Je crains qu'on n'ait voulu maîtriser de trop bonne
heure ce libre esprit ; il a gardé au milieu de ses hardiesses un
reste de timidité. Il ne dit pas tout au public : peut-être a-t-il
raison.

Le style de M. Taine fait parfois songer à M. Michelet. Mais
celui-ci a une intempérance de coloris, une fougue, une expan-
sion qu'on ne rencontre point dans le livre qui nous occupe.
Vous connaissez ces tableaux de Jordaëns où la chair est dans
toute sa plénitude et sa fraîcheur, où les corps regorgent de vie.
C'est ainsi que M. Michelet a l'habitude de peindre : lisez plutôt
ses derniers livres. Au contraire, M. Taine semble s'être quelquefois servi du pinceau délicat d'Ary Scheffer, le peintre des

âmes ; pardonnez-moi cette comparaison : rien ne ressemble autant qu'une plume à un pinceau.

VI

Je ne m'arrêterai point aux dernières pages du livre. La vraie conclusion à mon avis, c'est la préface, c'est le premier chapitre sur l'esprit gaulois. Voilà où apparaît plus que jamais cet étrange besoin de classification de système. La Fontaine, nous dit M. Taine, ce n'est pas La Fontaine, c'est l'esprit gaulois. Ne vous récriez pas. C'est une méthode qui est employée de nos jours aux applaudissements du public. Ne laisser subsister dans l'histoire littéraire et dans l'histoire proprement dite, que le moins d'individus possible et les remplacer par des types et des symboles ; — mais, direz-vous, ces gens-là ne tiennent donc pas compte de la prodigieuse variété des âmes, qui diversifie la vie humaine, et qui fait le charme et la beauté de ce grand spectacle ? Le moi humain qui parle si haut et s'affirme si pompeusement chez eux, pourquoi le suppriment-ils dans les autres et dans le passé ? L'objection me paraît sensée ; mais le moyen de la leur présenter ! quoi qu'il en soit, jamais je n'ai vu ce désagréable défaut plus accusé que chez M. Taine. M. Taine raconte que revenant, l'automne dernier, d'un voyage le long de l'Océan et sur les bords du Rhin, il fut frappé du caractère si différent, si original de notre végétation, de nos horizons, de notre climat ; et l'esprit gaulois lui fut révélé, comme il regardait par la vitre du wagon les plaines de la Champagne. Ce spectacle, en effet, le fait songer qu'entre les hommes et le pays il y a une étroite relation ; le pays est gai, joli, productif sans fécondité ; le climat est tempéré ; les impressions extérieures n'y sont point extrêmes. En résumé, nul excès, nulle énergie, mais des beautés qu'une race sobre et fine peut seule goûter. Le peuple né d'un pareil sol n'aura point cette sève primitive qui conserve en Allemagne, c'est M. Taine qui parle, les joues roses des jeunes hommes. « L'air et les aliments font le corps à la longue ; le climat, son degré et ses contrastes, produisent les sensations habituelles et à la fin la sensibilité définitive. *C'est là tout l'homme*, » esprit et corps, en sorte que du ciel et du sol dépend tout l'homme. C'est parce qu'il y a une France, qu'il y a eu des Français ; la sensibilité, c'est là tout l'homme ! Voilà pourtant la psychologie de M. Taine ! mais ne nous attachons ici qu'à ses étranges théories sur l'histoire littéraire. La géographie devient la science des sciences ; comme elle remplace avantageusement la chirognomonie, la physiognomonie et la phrénologie. Il ne s'agit plus de vous tâter les bosses du crâne : bon pour Lavater; voici M. Taine qui vous demande si vous êtes d'un pays de montagnes ou de vallées, si chez vous les moissons sont maigres, si les plaines sont crayeuses et si les joues des jeunes hommes sont roses, que sais-je encore! et là-dessus, on vous dira, avec des façons pédantesques, une espèce de bonne aventure. Voulez-vous savoir par exemple celle de la race gauloise? il ne vous en coûtera rien.

« Telle est cette race, la plus attique des modernes, moins poétique que l'ancienne, mais aussi fine, d'un esprit exquis plutôt que grand, douée plutôt de goût que de génie, sensuelle mais sans grossièreté ni fougue, point morale, mais sociable et douce, point réfléchie, mais capable d'atteindre les idées, toutes les idées et les plus hautes, à travers le badinage et la gaîté. » La définition ne s'applique qu'à cinq ou six écrivains : Montaigne, Rabelais, La Fontaine, Voltaire, Paul-Louis Courier, Béranger et le Musset de la première époque. La plupart de nos hommes de génie restent à l'état d'exceptions. Vous me direz peut-être que Victor Hugo est un anglo-allemand, que Corneille est espagnol, que Bossuet est évêque. Il faudrait qu'un peuple tînt bien peu à sa gloire littéraire pour en jeter au vent les plus beaux fleurons. Les personnes sages admirent tout ce qui peut être admiré, et laissent dire les fanatiques de l'unité.

Voilà le livre de M. Taine avec ses doutes et ses ironies, ses gaietés et ses tristesses, ses vérités et ses paradoxes. Vous avez entendu le critique et l'historien systématique, le philosophe incertain de sa doctrine, et hésitant entre deux absurdités ; vous avez entendu la voix du poète que la nature émeut profondément, et qui trouve aux plus insaisissables rêveries une délicate et charmante expression. Vous avez admiré çà et là des pages pleines d'énergie ou d'amertume, d'espérance ou de tristesse. Vous avez senti les luttes intérieures entre la foi et le doute dont cette âme tourmentée est le champ de bataille. Quoique M. Taine rende parfois la nature d'une façon douce et gaie comme La Fontaine, quoiqu'il ait puisé à l'école de Voltaire ses procédés de style, je retrouve le plus souvent dans cette ardeur passionnée pour la nature, où l'âme s'absorbe avec une sorte de fureur, au fond de ces rêves de solitaire perdu dans la contemplation d'une fourmilière ou d'un brin d'herbe, je retrouve un souffle de Jean-Jacques. Souvenez-vous de ce joli lac de Bienne et des promenades qu'y faisait l'auteur des *Confessions*, couché au fond de son bateau, n'entendant que le bruit des eaux, entrevoyant à travers ses paupières demi-closes les larges espaces du ciel, où errait sa pensée. Comme Rousseau, M. Taine émeut lorsqu'il parle de la nature. Cette fuite des grands esprits vers la solitude et la contemplation est un beau et triste spectacle. On peut les suivre dans leur retraite, on peut s'enivrer du charme de leur parole, quand ils expliquent l'univers à leur façon : mais il ne faut point trop s'égarer sur les pas de ces rêveurs. Il est permis d'aller à Utopie, pourvu qu'on en revienne. On ne doit point rapporter de ces voyages une âme énervée et des doctrines désolantes, mais une force rajeunie et de plus nobles aspirations.

A. FILON.